초록이들 이사 가는 날

노미경 동화집 그림 한석봉

곰곰나루

작가의 말

　이 책에 실은 3편의 동화는 모두 수년 전 시골마을 6학급의 소규모 농촌 초등학교에 재직할 때 학생들을 지도하면서 있었던 일화를 토대로 하여 재구성한 픽션이다.

　그곳에서 아이들과의 생활은 정말 가족적인 분위기였다. 부모님들이 오랫동안 마을을 이루고 살아온 까닭에 아이들끼리도 친형제처럼 지냈다.

　까르르까르르 웃음소리가 끊이지 않았던 교실, 점심시간이면 식사 후 '봉·유·전·정·조' 다섯 아이가 각자 성을 외치며 내 앞으로 밀치며 서곤 했다. 천연잔디 운동장 트랙에서 누가 먼저랄 것도 없이 경보를 하던 모습들이 이젠 아련한 추억으로 남아 있다.

　면소재지의 학교와 통합되면서 지금은 폐교가 되어 아이들이 뛰노는 모습을 볼 수 없지만 한때는 몇백 명의 재학생이 공부하던 마을의 중심이었다.

　지금은 어엿한 고등학생이 되어 각자의 진로를 향해 매진하고 있을 우리 반 사랑스런 다섯 아이들을 떠올리며, 6학급 초등학교에서 근무하는 동안 행복했던 순간들을 담아보았다.

2022년 8월

노미경

차례

꼬꼬마 내 친구

꼬꼬마 내 친구

"영재야 오늘은 선생님하고 수학 공부 좀 하고 갈래?"

"싫어요. 오늘 소밥 줘야 해요."

영재는 소 핑계를 대고 엄마한테 달려갔어요. 영재 엄마는 영재가 학교에서 공부하는 동안 학교 후문 옆 마을회관으로 보자기 공예를 배우러 다니시거든요. 영재는 길가에 흐드러지게 핀 채송화를 밟지 않기 위해 요리조리 피하며 깡충깡충 후문까지 갔어요. 작은 개울 건너편에 있는 마을회관 창문이 학교 후문을 향해 있어요.

영재는 학교 후문 근처의 버스정류장 벤치에 앉아서 버스를 기다리는 안골 동네 할머니께 인사를 하고서도 한참을 더 기다렸어요.

"아들, 많이 기다렸지? 벌써 시간이 이렇게 지났네?"

"엄마, 소밥 줘야지요?"

"그래 얼른 가자"

영재네 집은 큰길가에서 동양마을 산 쪽으로 500미터쯤 가면 있어요. 꼬불꼬불한 외길로 엄마와 둘이 손잡고 걷는 이 시간이 영재는 참 좋아요.

"무지개야 무지개야 내 말을 들으렴~."

선생님이 노랫말이 예쁘다고 가르쳐 주셨는데 영재는 이 길을 갈 때면 큰 소리로 노래를 부르며 가곤 하지요.

"우리 영재 노래 실력이 대단한걸~."

영재 엄마는 영재가 노래를 부를 때마다 칭찬을 하신답니다. 어떤 때는 영재 엄마도 함께 흐흐응~ 하고 따라 부르기도 해요.

"하하, 엄마가 부르시면 유행가처럼 들려요."

골프장을 만드느라 산허리를 잘라내어 흉한 모습을 한 산 아래 들판을 돌면 영재네 우사가 있어요. 꼬불꼬불한 길을 빙 돌아 있는 영재네 집 뒤로 길게 뻗어 있는 우사 주변에 봄 꽃들이 만발하여 꽃동산을 이루고 있어요.

집에 도착하자 영재 아빠가 기다렸다는 듯이 반갑게 맞이

해주셨어요.

"아들 오늘 학교서 재밌었니?"

"선생님이 떡볶이 해 주셨어요."

"우리 영재가 좋았겠네? 학교에서 친구들과 사이좋게 잘 놀아야 한다."

아빠는 아침에 학교 갈 때 하셨던 말씀을 또 똑같이 하셨어요.

"어서 장화 신고 오렴."

"네."

봄 향기와 섞여진 소밥이 자동화 기계에서 주루룩 흘러내립니다. 영재는 아빠와 함께 소 우리를 돌면서 소들이 먹기 좋게 바가지로 한 번씩 떠밀어 줍니다.

"예전에는 집에서 가마솥에 볏짚을 넣고 소죽을 쑤었지. 지금은 쉬운 거야."

영재 아빠는 소밥 주는 일을 거드는 영재에게 미안한지 옛이야기를 중얼중얼하십니다. 저녁이면 영재 아빠는 우사 뒤에 있는 어마어마한 자동화 통에다가 소죽을 끓이십니다.

다른 한쪽 기계에서는 자동으로 볏짚 썬 것이 나오는데 이

것들이 모두 소죽통으로 들어가면 기계 뚜껑이 들썩거리면서 '삐이~.' 하고 요란한 소리가 난답니다. 그 후로 한참을 기다리셨다가 김이 다 빠지면 주무시지요. 아침에 끓이면 식을 때까지 시간이 걸려서 영재 아빠는 늘 준비를 다 해놓으시고 주무시거든요. 그러면 새벽이 되어도 따뜻한 채로 있어서 소들이 딱 먹기 좋아요.

영재네 소는 모두 80마리예요.

영재에게 제일 즐거운 일은 소밥 주는 일이에요. 소밥을 줄 때면 영재는 소들과 이런저런 얘기를 하지요. 그러면 소들도 알아듣는 것 같아 보여요. 영재는 특히 꼬꼬마 친구 앞을 지날 때면 잠시 머물렀다가 등허리 한번 쓱 쓰다듬고 가지요.

영재는 꼬꼬마 친구에게 유난히 관심을 갖고 있어요. 영재가 유치원 졸업 무렵에 새끼를 낳았는데 '꼬꼬마 친구'라는 이름도 영재가 지었어요. 그때부터 친구 먹었어요.

앞줄에서 다섯 번째 소입니다.

영재는 일어나면 제일 먼저 꼬꼬마 친구와 인사를 나눕니다.

"잘 잤니, 친구?"

"크어헝."

꼬꼬마 친구는 하늘로 고개를 쳐들며 소리를 내지요. 그게 대답이에요.

벚꽃이 활짝 피어 어느새 한잎 두잎 떨어지고 있어요.

금요일이면 아침마다 운동장에서 전체 태권도 시간이 있어요.

집에서 아예 도복으로 갈아입은 영재는 학교 가기 전에 꼬꼬마 친구한테 갔어요.

"꼬꼬마, 한번 볼래? 얍, 손 뻗기! 얍, 발차기! 하나, 둘!"

영재는 지난주에 배운 동작들을 꼬꼬마 친구 앞에서 뽐냈어요.

"친구야, 너도 한번 해볼래? 자, 앞발 들어봐, 이렇게."

영재는 꼬꼬마 친구와 눈을 맞추며 동작들을 선보였지요.

"우리 꼬꼬마 친구 기분이 좋아졌지? 너도 운동 좀 해라."

"으메에, 으메에."

알아듣는 건지 꼬꼬마 친구가 길게 두 번 울음소리를 내었어요.

한잎 두잎 떨어지는 벚꽃잎과 흰색 도복이 초록의 자연과 어울려 한폭의 그림 같아 보여요.

"얘들아 안녕! 학교 다녀왔어."

영재가 소들에게 인사하고 꼬꼬마 친구 쪽으로 가려는데 아빠의 목소리가 들렸어요.

"영재야, 어서 시작하자."

소들 점심 식사 시간이 좀 늦었다는 듯 아빠의 다급한 목소리에 영재는 얼른 아빠의 리어카 쪽으로 뛰어갔어요. 영재는 아빠와 소밥 줄 때가 제일 행복해요. 아빠는 선생님처럼 수학 공부도 강요하지 않아서 좋아요.

1학년 때부터 수학이 별로였어요. 선생님이 따로 주시는 학습지 푸는 것이 조금 창피하기도 하고 설명을 들어도 잘 모르겠거든요.

오늘도 학교에서 수학 시간이 너무 길게 느껴졌어요.

"자, 다 이해가 되었으면 수학익힘책을 펴세요."

선생님께서 과제로 주시는 쪽수의 수학익힘책을 다 풀도록 영재는 잘 모르겠다는 표정으로 하나도 건드리지 않고 있었어요.

"도경이가 영재 좀 도와줄래?"

"네."

도경이는 영재 옆으로 책상을 붙였어요. 영재와 도경이는
수학 시간이면 자주 짝꿍을 한답니다. 도경이는 영재에게 천
천히 친절하게 말을 한답니다.

영재가 잘 모르겠다고 말하자 도경이는 가르치는 방법을
바꾸었어요.

"영재야, 이 바둑돌이 너네 집 소야 알겠지?"

지난주에 마을 돌아보기 공부할 때 영재네 우사 앞을 지날
때였어요.

"우리집 우사야. 쟤들 밥은 매일 내가 준다."
"이 많은 소밥을 너가 준다고?"
"와, 영재야 힘들지 않니?"
반 친구들이 묻자 영재가 한 말이에요.
"응, 소밥 주는 거 쉬워."
"영재야, 너네집 소밥 너가 준다고 했지?"

"소밥 주는 것처럼 생각하면 쉬워."

영재는 재밌다는 듯이 눈을 크게 뜨면서 말을 받았어요.

"소밥?"

"그래, 너가 소밥 다 준다고 했잖아. 이 바둑돌이 다 너가 좋아하는 소들이라고 생각해 봐."

"소 열다섯 마리 있었는데 일곱 마리를 더 사왔어."

"열여섯 마리, 열일곱 마리… 아~ 스물두 마리, 그러니까 22네?"

"맞아, 영재야!"

영재도 알았다는 듯 특유의 하회탈 웃음을 지으며 기지개를 폈어요.

선생님은 깜짝 놀라는 표정으로 눈을 크게 뜨시며 도경이한테 엄지척을 들어 보이셨어요.

수학 시간이 끝나자 선생님은 영재한테 또 학습지 한 장을 주셨어요.

"영재야, 이건 영기한테 가르쳐 달라고 하고 배워 봐."

영기는 수학을 잘했다고 선생님은 한마디 더 하셨어요.

영기는 영재 형이에요. 작년에 형의 담임이셨던 선생님은 형 이야기를 정말 많이 하십니다. 영재는 선생님이 형을 잘 모르고 있다고 생각을 합니다. 왜냐하면 형하고 수학 공부를 하면 형은 영재에게 못 알아듣는다고 꿀밤을 자주 주거든요. 그리고 친절하지 않게 한숨을 푸욱~ 쉬고 무뚝뚝하게 말하기 때문에 영재는 형하고 공부하는 것이 정말 싫거든요. 그걸 모르시는 선생님은 자꾸만 형하고 같이 배우라고 하시니 영재는 답답할 지경입니다.

영재 형 영기는 수학만 잘하는 게 아니고 게임도 엄청 잘해서 읍내 게임 왕 선발대회에서 1등을 했어요. 한 달밖에 남지 않은 군 대회 게임 연습을 해야 해서 집에도 거의 없어요. 같은 팀인 친구 집에서 매일 연습을 하거든요. 일주일에 한 번은 교육청 영재수업 때문에 아빠가 읍내까지 데려다 주기도 한답니다.

형은 공부에 재미 없는 영재를 좀 무시하는 듯해요.

"게임기를 사주시면 집에서 연습할 수 있어요. 군 대회에서 우승도 할 수 있구요."

"흐으음~."

며칠 전부터 아버지와 심각한 대화를 하는 것 같았어요.

영재는 게임에는 별 관심이 없기에 우사에 가서 소들과 이야기를 하고 있었지요.

그런데 영기는 새로 나온 게임기를 사고 싶은데 비싸다고 안 사주시는 아빠에게 불만이에요. 그 불만은 고스란히 영재에게 돌아가구요. 영기는 영재에게 자기가 해도 될 잔일들을 많이 시키고 맘에 안 든다고 화를 내곤 했어요.

형은 우사에 가지 않아요. 소밥도 거의 준 적이 없고요.

영기만 보면 영재는 얼굴이 굳어져요. 집안일도 돕지 않으면서 너무 이기적인 형이 영재는 참 별로거든요.

그래서 영재는 자기 반 수학짱인 도경이랑 같이 공부하는 것이 형하고 공부하는 것보다 훨씬 더 재미있어요.

영재가 소밥 준다는 소리를 듣고 나서부터 도경이는

"소밥 하나 소밥 둘~."

이러면서 놀이하듯 수학 공부를 하기 때문에 재미있어요.

도경이와 수학 공부하는 동안에도 영재는 머릿속으로 우사에서 영재를 기다리고 있을 소들을 생각했어요.

"많이 먹어라."

"많이 먹어라."

아빠가 한마디 하시면 영재도 따라서 한마디 하지요.

언제나 그랬듯이 소죽을 분배하시는 아버지는 모자를 쓰고 오른쪽 귀에 볼펜을 꽂고 일을 하셔요. 그날 그날 소들이 먹는 양을 수첩에 적으며 하시기 때문이에요. 아버지 목에는 짙은 회색 수건이 걸려 있어요. 땀도 닦으시고 지푸라기를 털기도 하는 용도예요. 지푸라기를 잘게 잘라서 소죽을 쑤기 때문에 먼지도 많이 나고 땀도 많이 흘리시기 때문이지요.

오늘따라 아버지의 걸음걸이가 힘들어 보였어요.

지난주에 영재가 꼬꼬마 친구와 장난치느라고 질펀한 곳을 미처 못 보고 밟으려 하자 영재를 잡아주시다가 장화가 빠지는 바람에 넘어지셨거든요. 읍내 병원에 다녀오신 후 어제까지 아버지는 지팡이를 짚고 일을 했어요. 영재는 우사에서 살짝 절뚝거리는 아버지 다리를 보면 너무 죄송한 생각이 들었어요.

영재 머릿속은 어서 자라서 어른이 되어 아버지를 좀 쉽게 해드리고 싶단 생각으로 가득 찼어요.

그렇게 앞줄에 소밥을 밀어넣고 가고 있는데, 늘 보이던 꼬꼬마 친구가 보이지 않았어요.

우사 앞쪽으로 깊게 박힌 트럭 바퀴 자국만 있을 뿐.

영재는 불길한 마음에 심장이 콩당콩당 뛰었어요.

아빠는 슬금슬금 영재의 눈치를 살피며 헛기침 소리를 내십니다. 두 번째 줄부터는 영재도 영재 아빠도 아무 말 없이 소밥만 무심히 밀어줬어요.

영재는 조그만 목소리로 물었어요.

"아빠, 꼬꼬마 친구 어디 갔어요?"

"응, 아까 차가 와서 싣고 갔어."

"…."

지난달 먹보들에 이어 꼬꼬마 친구가 또 팔려나간 것이에요.

'팔려나갈 줄 알았으면 오늘 아침에 밥을 좀 더 줄걸.'

하필 오늘따라 늦잠을 자서 소들에게 밥을 빨리빨리 주느라고 많이 밀어 넣질 못했던 것이 내내 맘에 걸렸어요.

꼬꼬마 친구는 오늘 팔려나갈 걸 미리 알고 있었던 것 같아요. 아침에 두 번 긴 울음소리를 낸 것이 헤어진다는 표현이었던 것 같아요. 영재는 마음이 깜깜해졌어요.

영재네 소들은 영재가 초등학교 들어가기 전에도 많이 팔

려나갔어요. 1년에 두 번씩 어미 소들이 나가고 송아지들이 들어옵니다. 가끔씩 어미 소가 송아지를 낳는 때도 있어요.

"이번 소는 차에 안 타려고 해서 힘들었다."

영재 아버지는 소밥을 다 밀어주고 졸졸 따라가는 영재에게 들릴 듯 말 듯한 작은 소리로 말씀하셨어요. 우사 저만치 뒷산을 바라다보시며 아빠는 목에 걸쳐두었던 수건으로 먼지도 안 묻은 바지를 탁탁 털며 앞서 가셨어요.

영재가 유치원 다닐 때는 소들이 어디로 가는지 몰랐어요. 또 왜 트럭이 와서 소를 가져가는 건지도 잘 몰랐어요.

"소가 밥을 잘 먹어서 살이 쪄야 돈이 되지."

작년부터 아빠와 함께 소밥을 주기 시작하면서 영재는 소들과 헤어진다는 것이 뭔지 알게 되었어요.

영재는 학교 끝나고 버스정류장에서 엄마를 기다린 것을 후회했어요.

'좀더 일찍 왔더라면 꼬꼬마 친구를 볼 수 있었을 텐데….'

'아냐, 차라리 안 보길 잘했지 뭐.'

'동그란 눈이 유난히도 예뻤던 꼬꼬마 친구였는데….'

'눈을 쳐다보고 말하면 내 눈을 빤히 쳐다보며 알아듣는 것 같았는데….'

'언젠가 팔려나갈 줄은 알았지만….'

'에휴~.'

우사에서 걸어 나오는데 이런저런 생각이 자꾸 왔다갔다 하면서 걸음이 잘 걸어지질 않았어요.

"으음메~."

우사의 소들도 꼬꼬마 친구가 있던 쪽을 향해서 큰소리로 울음소리를 냈어요. 그건 분명 차에 실려 간 꼬꼬마 친구를 잃어버린 슬픔의 소리 같았어요. 영재는 눈물이 나는 걸 애써 참으며 집으로 갔어요. 집에 도착한 영재는 그만 참았던 눈물이 터지고 말았어요.

마루에 형이 그렇게 갖고 싶어했던 최신 버전 컴퓨터 게임기가 배달되어 있었어요. 그 옆에는 게임기 설명서를 읽고 있는 형이 좋아서 콧노래까지 부르고 있었어요.

"꼬꼬마 데려와, 엉엉엉. 형, 미워. 엉엉."

"그럼 어떡하냐? 형이 다음달 대회에 나가야 한다는데…."

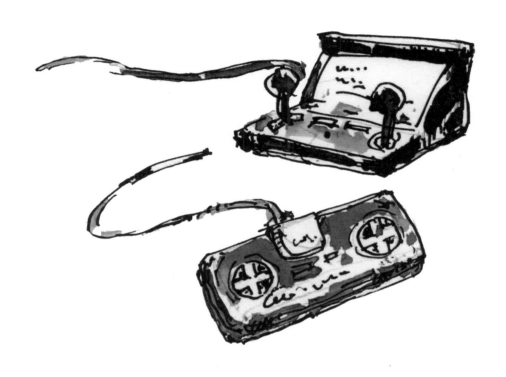

영재 엄마는 영재를 달래며 꼭 안아주었어요. 엄마 품에서
실컷 울고 난 영재는 방에 들어가 누웠어요. 엄마가 미숫가
루를 타 가지고 들어왔지만 외돌아 누워서 자는 체했어요.
　　엄마가 나가고 천정을 보고 누웠는데 침을 흘리며 쩝쩝 소
리와 함께 맛나게 여물을 먹던 꼬꼬마 친구의 모습이 아른거
렸어요.
　　'또르륵'
　　방바닥으로 눈물이 굴러떨어졌어요.

오이 끔이 떨어져서 걱정이야

* 오이 끔 : 오이 값의 방언. 시골에서 구어체로 쓰임.

오이 꿈이 떨어져서 걱정이야

연이가 다니고 있는 학교는 시골 마을에 있는 분교예요. 전교생이 21명밖에 안 된답니다. 3·4학년 교실이나 5·6학년 교실은 두 개 학년이 한 교실을 쓰는 복식 교실이에요. 그러나 2학년인 연이네 반은 1학년이 없어서 연이네 반 아이들 다섯 명이 공부하고 있어요.

"오이 팔면 난 엄마한테 갔다 올 거야."

"좋겠다. 난 엄마 연락처도 몰라."

"왜? 우리는 연락은 하고 사는데."

연이와 미나가 쉬는 시간에 주고받는 이야기예요.

연이와 미나는 이혼가정 자녀들이에요.

연이와 단짝인 미나는 엄마가 집을 나간 후 엄마 연락처를 모르기 때문에 보고 싶어도 볼 수가 없어요. 미나는 2학년이

된 후 엄마가 더욱 그리워지는데 집에 사진도 없어서 엄마 얼굴도 잘 기억이 나지 않는다고 해요.

　연이는 엄마와 1년에 네 번은 주기적으로 만나고 전화도 자주 하고 있어요. 아빠가 집에 자주 안 들어오신 거 때문에 엄마랑 아빠랑 무슨 일이 있었던 거 같아요. 연이 할머니는 연이 엄마를 딸처럼 아꼈어요. 아빠와 헤어질 때도 할머니와 부둥켜안고 많이 울었어요.

　"에미야, 연이가 있으니까 연이 볼 때 내가 데리고 갈 테니 그때 보자."

　연이는 어른들 일이라 두 분이 왜 헤어졌는지 자세히는 몰라요.

　"너가 어른이 되면 그때 이야기해 줄게."

　엄마가 떠나시며 마지막으로 한 말이에요.

　그 후 연이 아빠는 오이 농사철에만 집으로 오시고 주로 읍내에서 따로 지내고 계시지요. 공사장 일을 하시는데 현장이 멀거나 오래 걸리는 공사일 경우는 한두 달씩 현장에 가 계시기도 해요.

　그래서 연이는 할머니와 둘이 살고 있어요. 할머니가 엄마

이자 아빠 역할을 다 하고 계시지요. 올해 학부모 총회나 수업공개 상담 등에도 할머니가 참석하셨어요. 연이를 무척 사랑해주시지만 그래도 연이는 엄마, 아빠, 할머니 이렇게 온 가족이 다 함께 살던 때를 그리워해요.

연이는 글 쓰는 것을 참 좋아해요. 지난 5월에 군청에서 주최하는 '효 백일장'에서 장원을 했어요.

할머니가 애지중지하시는 오이하우스 이야기를 시로 적었거든요. 할머니는 무척 좋아하시면서 상장을 액자에 넣어서 마루 위 벽에 걸어놓았어요.

할머니한테 하우스 볼일이 있는 이장 아저씨가 보시고는 동네분들한테 알리는 바람에 연이를 보면 동네분들이 한마디씩 하신답니다.

"아휴, 꼬마 시인 오네? 어찌 그리 시를 잘 쓰는겨?"

"연이는 이 다음에 시인이 될 거 같아~."

연이는 엄마한테 갈 때 상장을 가져가서 보여드릴 생각이에요.

아빠는 여전히 지방으로 일을 다니셔서 아직 모르고 있어요.

오늘은 연이 할머니가 학교에 오시는 날이에요. 그래서 연이는 아침부터 신이 나요. 한 달에 한 번 꼴로 간식거리를 만들어 오시거든요.

"연이야, 오늘은 호박하고 부추 넣어서 부침개 만들어서 가지고 갈란다."

"와, 정말? 할머니 고맙습니다."

오늘 아침 밥상머리에서 할머니께서 하신 말씀이에요.

할머니는 음식 솜씨뿐 아니라 동네서 소문난 멋쟁이시거든요. 연이는 그런 할머니가 무척 자랑스러워요.

연이는 너무 좋아서 자꾸 웃음이 나옵니다.

"연이야, 너 오늘 좋은 일 있지? 혹시 할머니 학교에 오신다고 했니?"

말하지 않아도 눈치를 챈 미나가 말을 했어요.

"쉬잇!"

선생님도 친구들도 오늘 점심때 연이 할머니의 깜짝 등장을 모르시거든요.

"할머니가 오늘은 뭐 해오신대?"

미나의 말에 연이는 씨익 웃고만 있었어요.

'따라라랑.'

4교시 마치는 벨이 울리자 재빠르게 급식실로 향했어요.

급식실 옆에 있는 예쁜 새장 속에서 새들이 인사를 해요. 그 아래는 부추와 달래밭이 봄을 알리지요. 심은 때를 알 수 없는 오래된 오디나무는 아예 나무기둥처럼 투박해서 싹이 안 나올 것 같은데도 해마다 어김없이 잎새가 난답니다.

급식실에 들어서자 연이 할머니가 먼저 맞이해 주셨어요.

"어서들 오너라."

선생님들까지 모두 30명인 급식실이 오늘은 북적입니다. 연이 할머니의 부침개 솜씨는 정말 으뜸이에요.

"선생님! 올해 오이 끔이 어떨 거 같아요?"

"오이 끔? 그게 뭔데?"

"그건 말이죠. 우리 할머니가 늘 걱정하시는 오이 값을 말하는 거예요."

급식에 마침 오이무침이 나온 것을 보자 연이는 할머니께서 오이 끔 때문에 걱정하시던 일이 생각이 나서 불쑥 말씀을 드려보았어요.

도시에서 생활하시다가 분교에 처음 발령을 받으신 선생

님께서는 도무지 관심이 없는 눈치셨어요. 더군다나 '오이
끔? 그게 뭐냐'고 되물으시니 연이는 선생님이 이상하게 보
였어요.

"연이 할머니, 잘 먹겠습니다."

"오냐, 맛있게들 먹거라."

급식실에 들어온 아이들은 기분이 좋아요.

다른 때보다 먹을 것이 많거든요.

급식을 다먹고 뒷문으로 나오는데 식탁 위에 매끈매끈한
오이가 100개쯤 놓여 있었어요.

연이 할머니께서 농사지은 오이를 나누어 주셨어요.

"와! 맛있겠다. 감사합니다."

친구들은 모두들 인사를 하며 한 개씩 들고 나갔어요.

교실로 가는 뒷 운동장 가에는 미니장미와 카네이션들이
바람결을 타고 인사하듯이 흔들거렸어요.

"봄꽃들이 우리반 천사들을 닮았어요."

오이 끔보다는 꽃에 관심이 많으신 선생님이 말씀하셨어요.

"연이야, 할머니 오이 끔 흥정하러 장에 갔다 와야 해서 조
금 늦는다."

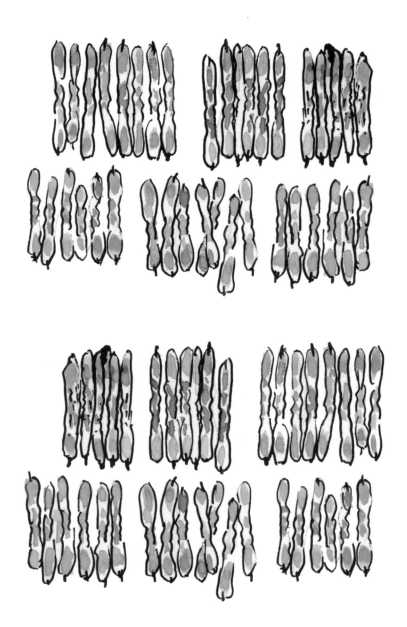

점심을 먹고 급식실을 나오는데 할머니께서 큰소리로 말씀하셨어요.

연이네 오이 하우스 한 동 크기가 교실의 열 배쯤 될 거예요. 그런 하우스 동이 4개가 있어요.

"오이가 무섭게 달려, 따고 돌아서면 또 달려 있고, 돌아서면 또 있고… 에고 무시라."

할머니는 '오이가 무섭다'고 하면서도 날마다 하우스에 다녀오시니 무섭다는 게 좋다는 건지 나쁘다는 건지 연이는 알쏭달쏭해요.

할머니는 새벽에 일어난답니다. 신작로 건너 논둑을 지나 100미터쯤 있는 하우스에 가기 위해서지요. 일어나실 때마다 "에구, 허리야 다리야." 하시면서도 새벽에 하우스 가시는 일을 건너뛰지 않으셔요. 연이네 하우스는 학교와 집의 중간쯤에 있기 때문에 연이는 학교에서 돌아올 때면 늘 하우스에 들른답니다.

"우리 강아지 왔네."

할머니는 연이를 꼭 강아지라고 하는데 연이는 그게 싫지 않아요.

"우리 연이가 중학교에 가면 이 할미 좀 도와주려나?"

할머니는 오이를 따다가 혹시 상처라도 날까 봐 조심조심 다루거든요.

할머니가 무섭다는 오이는 할머니의 보물이랍니다.

"할머닌 매일 오이밖에 몰라~ 힝."

연이는 괜한 투정도 부려 보지만 할머니가 행복해 하니까 마냥 오이가 고맙기도 하지요.

할아버지가 살아 계실 때는 할아버지를 도와주시던 일인 데 작년에 할아버지 돌아가시고는 할머니가 도맡아 하시고 있어요. 일 때문에 집에 자주 못 오시는 아빠가 할머니 힘드시다고 하우스에 컴퓨터 시스템을 설치해 주셨어요. 그래서 기계 만지는 일들은 아빠 친구이신 이장님이 도와주시고 일꾼 아저씨들이 오이를 따서 담는답니다. 할머니는 오이 자라는 모습을 보고 양을 가늠한 후 도매시장에 가셔서 오이 끔을 흥정하고 넘기는 일을 하시지요.

마을 어귀 농협에 유기농 로컬푸드 코너도 신청하셔서 할머니 얼굴이 액자에 걸려 있답니다. 연이 할머니는 오이 재배에 대한 자부심이 엄청 크시답니다. 주말이면 아빠가 오셔서 도와주시기도 해요.

"오이 끔이 떨어져서 걱정이다."

지난 주말에 아빠가 오셨을 때 밥상머리에서 하시던 말씀이 생각이 나서 연이는 마음이 무거웠어요.

오이 값이 작년보다 훨씬 싸져서 오이농가가 울상이라고 TV 뉴스 시간에도 나왔어요.

연이는 학교에서도 오이 끔을 내리지 말아 달라고 기도했어요. 왜냐하면 두 가지 이유가 있기 때문이에요. 하나는 오이 끔이 오르면 고생하시는 할머니 기분이 좋아지기 때문이고 또 하나는 오이 농사가 끝나면 오이 판 돈으로 예쁜 옷을 사주시기 때문이에요.

할머니께서 사주는 예쁜 옷을 입고 연이는 엄마가 살고 계시는 서울에 다녀옵니다.

연이가 오이 끔에 대해서 유독 민감한 이유도 여기에 있어요. 오이 끔이 좋아야 엄마한테 다녀오기도 편하기 때문이지요.

엄마한테서는 달콤한 사탕 냄새가 나요. 연이는 그런 엄마 향이 참 좋아요. 그래서 오이를 내다팔 때 '오이 끔'이 연이

를 설레게 하는 것이지요.

다만, 연이는 엄마 소식도 모르는 친구 미나한테 연이만 엄마를 만나는 행복한 마음을 들키지 않으려고 덤덤하게 이야기해야 하는 것이 불편해요.

'랄랄랄.'

연이는 하굣길에 여느 때와 같이 콧노래를 부르며 동네 어귀를 돌아 하우스 근처에 도착했어요.

"아이고, 연이 오는구나! 할머니가 쓰러지셨단다."

이장님 말씀에 연이는 가슴이 철렁했어요.

"그렇게 몸 안 살피고 새벽부터 밤까지 하우스 일에 매달리시니 병이 날 만도 하지, 쯧쯧."

"할머니가 이 많은 농사와 집안 살림까지 감당하기가 힘들지."

연이네와 가깝게 지내는 뒷집 할머니와 이웃집 아주머니들이 속상해 하시면서 말씀을 이어가셨어요.

하우스 안을 들여다보니 할머니는 보이지 않고 할머니 땀수건만 바닥에 덩그마니 던져져 있었어요.

"우리 할머니 어디 가셨어요?"

연이는 울음이 터졌어요.

"연이야, 할머니는 아빠가 병원으로 모시고 갔으니 괜찮아지실 거다. 우리 집으로 가서 저녁 먹고 소식을 기다리자."

아빠 친구인 이장님이 연이를 데리고 집으로 갔어요.

연이는 병원으로 데려다 달라고 울며 매달렸어요.

이장님은 연이를 안심시킨 후 저녁을 먹게 했어요. 한 시간쯤 지난 후 연이 아빠한테서 전화가 왔어요. 할머니는 깨어나셨고 과로로 인한 어지럼증이었다고 했어요.

"다행이다, 연이야! 할머니 내일 퇴원하신다니까 오늘은 우리집에서 자자꾸나."

연이는 이장댁에서 자고 학교에 갔지만 공부가 잘 되지 않았어요. 할머니가 오실 시간에 맞추어 허겁지겁 하우스를 지나 집으로 뛰어갔어요.

"할머니이!"

집에는 할머니와 아빠가 같이 계셨어요.

연이는 할머니를 붙들고 엉엉 울었어요.

"그래, 내 강아지 걱정 많이 했지? 괜찮다, 괜찮아~."

"아빠, 아빠가 오이농사 지으시면 안 돼요? 할머니 이

제 힘들어서 못하셔요. 밤에 잘 때도 끙끙 앓는단 말이에요."

연이는 집에도 잘 안 오시는 아빠가 원망스러웠어요.

"다음주 금요일에 오이 농사 마치면 연이 에미한테 갔다 와야 하는데, 걱정하니까 에미한테는 알리지 마라."

할머니는 기운이 없는지 아주 작은 소리로 아빠한테 말씀하시며 연이 손을 꼬옥 잡았어요.

"우왕!"

연이는 자꾸만 눈물이 났어요.

병원을 다녀오신 후 이틀 쉬신 할머니는

"오늘 넘기는 오이는 이틀 동안 작업을 하지 않아서 무척 실할 건데 오이 끔이 떨어져서 걱정이다."

라고 흘리듯 말하시고는 새벽에 또 오이 하우스에 나갔어요.

그런 할머니를 물끄러미 바라보는 연이는 자기도 모르게 혼잣말을 했어요.

"오이 끔이 떨어져서 걱정이야."

초록이들 이사 가는 날

초록이들 이사 가는 날

저 멀리 산이 보이고 논과 밭이 널찍이 모여 있는 들판에 세워진 초등학교가 있어요. 사방에서 바람이 불어오지요. '바람이 많다'고 학교 이름도 '다풍초등학교'라고 붙여졌답니다.

"얘들아, 새싹 좀 봐! 너무 예쁘다!"

유난히 자연꽃과 풀들을 예뻐하는 아이들은 운동장에서 뛰어 놀다 말고 담장 아래 돋아나는 새싹들 쪽으로 모여들어요.

아이들은 토끼풀을 따서 반지를 만들고 팔찌를 만들어요.

"어머! 팔찌 이쁘다."

서로서로 칭찬하며 만들지요.

'띵똥땡'

수업 종이 울리자 모두들 교실로 뛰어들어갑니다.

다풍초등학교 담장은 풀숲이에요. 수년 전에 학교 숲을 조성할 때부터 터를 잡은 초록이들은 오랫동안 이곳에서 자라 살고 있답니다.

"아이 추워라!"

겨울엔 들판 바람이 회오리 쳐서 더 차갑게 느껴지지요.

하얀 철망 아래 옹기종기 모여 있는 초록이들은 차가운 겨울바람이 불자 모두 겨울잠을 자러 들어갔어요.

"봄이 따스한 바람을 가져오니까 조금만 참으렴."

겨울잠에서 일찍 깨어난 참쑥 할아버지가 초록이들을 깨우고 있어요.

"으아, 잘 잤다."

달래가 기지개를 폅니다.

"나는 냉이야."

달래와 제일 친구인 냉이도 땅을 비집고 나왔어요.

"그런데 씀바귀는 어디 갔지?"

삼총사인 씀바귀가 보이지 않아요. 지난겨울에 길을 넓히느라 길가에 씀바귀들이 많이 다쳤는데 아직 못 돌아오나

봐요.

"빼꼼~, 나 찾았니?"

실바람이 간신히 고개를 드는 씀바귀 잎새 위로 살포시 내려앉았어요. 바람이 일자 씀바귀는 바람을 따라 쑤욱 올라왔어요.

다풍초등학교의 초록이들은 한 줄씩 불어오는 실바람을 타고 새순을 틔웁니다.

먼저 나온 삼총사의 가족이 새순맞이 축제를 해요. 이어 민들레, 토끼풀, 원추리의 초록이들은 발돋움을 하며 고개을 삐죽 내밀고 라라라 봄바람에 맞추어 노래를 하고 춤을 춥니다.

"어, 봄비다!"

초록이들은 하늘을 보고 길게 누워요. 비를 온몸으로 맞으면 초록이들의 키가 쑥쑥 자라니까요.

"뭐라구? 학교가 폐교가 된다구?"

비가 전해준 소식에 초록이들은 모두 놀랐어요.

"아, 그래서 겨울에 길도 넓히고 그랬던 거구나!"

시골에 아이들이 없어서 읍내 가까운 남면초등학교로 통

합이 된다는 소식이었어요.

'아~, 그래서!'

그제서야 초록이들은 개학일이 지나도 아이들이 보이지 않던 이유를 알게 되었어요.

오늘은 초록이들 회의날입니다.

"자자, 회의 시작합니다."

회장인 참쑥 할아버지가 말문을 열었어요.

"이곳 다풍초등학교는 교직원 연수원으로 바뀐다고 해요. 그러면 운동장은 주차장이 될 것이고 학교 담장도 새로 벽돌로 쌓는다고 해요."

"그럼 우리가 살 곳이 없어지는 거네요?"

"다풍초등학교가 문을 닫는 그날까지 우리가 어디로 가서 살 것인지 정해야 합니다."

"각자 알아서 살 곳을 정해 봅시다."

"그건 아니지요. 먹을 것과 잘 곳이 있는 곳을 찾아가야 하는데 한 곳으로 몰리기라도 하면 어쩝니까?"

모두들 의견이 분분했어요.

"그럼 각자 집으로 돌아가서 가족회의를 하고 다시 만

나지요."

"그럽시다."

학교 담장 밑에 제일 많이 피는 토끼풀이 이야기했어요.

고향을 잃어버리게 된 초록이들은 제각기 슬픔에 잠겼어요.

"아이들도 우리처럼 슬플 거야!"

"히잉~ 그럼 아이들도 영영 못 보는 거네."

아이들과 제일 친했던 민들레가 건네는 말에 냉이도 안타까운 마음을 이야기했어요.

이런 소식을 아는지 모르는지 천연잔디 운동장은 해를 가득 품고 반짝반짝 윤을 내고 있어요.

"너희 가족은 어디로 갈 거 같니?"

"글쎄, 나도 모르지."

"난 그래도 다 같이 모여서 살면 좋겠어."

"나두."

초록이 가족들은 모두 근심 속에 어수선했어요.

"나 같은 초록이도 있는데, 참 걱정도 팔자다."

저 건너에 이름 없는 풀들이 거센 바람 속으로 손가락질을 하면서 비웃듯이 말했어요.

"우리는 아무 데나 가도 다 살 수 있어. 농부가 이쪽으로 삽질하면 이렇게, 저쪽으로 삽질하면 저렇게, 옮겨다니고 있잖아."

"그래, 얘들아. 나는 저 산 너머에서 날아와서 살고 있잖니!"

노오란 민들레꽃이 대롱 끝에 동그란 솜송이를 이리저리 날리며 이야기했어요.

그러나 몇 대째 이어서 살고 있는 삼총사들과 그 이웃들은 모두들 헤어질 생각에 맘이 어지러운 거 같아요.

어디서 날아왔는지 길다란 바람 한줄이 요리조리 다니면서 초록이들의 귀밑을 솔솔 간지럽히며 지나가요.

"안녕, 친구!"

"응, 그래. 안녕!"

"어, 다른 동네 친구가 왔네."

민들레 씨를 품은 낯선 초록이가 바람 타고 휘이익 논둑길을 넘어 들어왔어요.

"너 여기 터 잡으면 안 돼. 여긴 바로 폐교가 될 거라구."

다풍초등학교에 수십 년 터 잡고 살고 있는 냉이가 말했어요.

새 초록이는 들은 체 만 체 기웃기웃 학교 담을 둘러보았어요.

"야, 이 학교 좋은데? 옥상에 천체망원경도 있잖아!"

날아온 민들레는 학교 옥상을 쳐다보며 말했어요.

"나는 혼자 다니는 게 좋아. 잠깐 들른 거야. 다른 데로 갈 거니까 걱정하지 마."

새 초록이는 씩씩하게 말하며 자꾸 또 물었어요.

"그래 너희들은 어디로 갈 건데?"

"아직 몰라."

"가족회의에서 정할 거야."

하루에서 몇 번씩 불어오는 살랑 바람이 이사소식을 전하러 앞산, 옆 마을로 넘어갔어요.

"엄마, 아빠 우린 어디로 가야 해요?"

다풍초등학교 담장에서는 가족회의가 한창이에요.

마침내 초록이들의 마지막 회의날이 되었어요.

회의 결과 꼬들빼기네 가족이 이야기한 대로 정했어요.

"우리는 모두 남면 쪽 산으로 가기로 합니다. 아직 씨앗을 품지 않은 초록님들은 서둘러 주세요."

"다음주에 남풍이 분다고 하니 그날 가족끼리 바람 타고 가는 것으로 해요."

"엄마, 우리 원추리네랑 같이 가는 거죠?"

"그래."

남풍이 불어야 남면 쪽으로 가는데 이번주는 동풍이 불어서 이미 씨앗을 품은 토끼풀 가족, 꼬들빼기 가족, 냉이 가족도 가지 못하고 다음주까지 기다려야 해요.

봄철이라 바람의 방향이 자주 바뀌기 때문에 남풍이 불 때어서 바람에 올라타야 해요.

일주일 동안 이사 준비에 모두들 분주했어요.

다풍초등학교는 벌써 폐교 준비가 시작되고 있어요.

큰 포클레인이 들어와서 운동장을 뒤집기 시작했어요.

학교 운동장은 마치 전쟁터 같아졌어요.

"엄마 무서워요."

남풍이 시작되자 모두들 바람을 타고 날아갑니다.

"자~! 다 함께 갈 수가 없으니 실바람 한 줄에 한 가족씩

잘 타셔요. 나는 마지막에 갈게요."

참쑥 할아버지는 씨앗을 제일 먼저 품었지만 다른 초록 가
족들을 먼저 바람에 태워 보냈어요.

맨처음 바람은 가느다란 바람이 왔어요. 앞에서 기다리던
순서대로 냉이 가족이 먼저 올라탔어요.

"모여 있으면 바람이 약해서 위험하니 뚝 뚝 떨어져서 타
셔요."

참쑥 할아버지는 당부를 했어요. 그런데 가는 도중에 냉이
가족의 막내 씨앗이 그만 논으로 떨어지고 말았어요.

"아악, 안 돼!"

냉이 가족 엄마가 소리쳤지만 바람은 그대로 남면 쪽으로
넘어가고 있었어요.

냉이 가족 큰언니는 눈물이 났지만 눈물 무게에 바람이 꺼
질까 봐 애써 삼켰어요.

"아가, 다음에 바람 타고 남면으로 오렴."

엄마 냉이는 떨어진 막내 냉이 씨앗에게 크게 소리쳤어요.

"엄마야~."

아기 냉이 씨앗은 논두렁에 철퍼덕 떨어졌어요.

"엄마야 언니야. 나 기다릴 거지?"

"그럼 기다리고 말고, 다음 바람 안전하게 올라타고 와야 해."

'후두둑 후두둑.'

"어, 이게 무슨 소리지?"

바람에 겨우 올라탄 달래 씨앗들이 무게를 못 이겨 아래로 떨어지고 말았어요.

"어, 달래들이구나. 너희들도 못 갔네."

초록이들은 서로 쳐다보며 가족을 잃은 슬픔에 눈물을 흘렸어요.

그때, 둑 건너 저편에서 민들레의 씩씩한 소리가 들렸어요.

"내가 친구 해 줄게 걱정하지 마!"

"나는 너희랑 친구 하려고 일부러 내려왔어."

민들레는 언제나 제일 활발하고 씩씩해요.

"그래, 고마워!"

남면에 도착한 초록이들은 모두 무사한지 가족들을 살펴보았어요.

"우리는 다 왔어요."

원추리 가족에 이어 씀바귀 가족도 모두 무사히 도착했다고 신고했어요.

"헉헉, 우리 가족도 모두 왔어요."

냉이 가족과 달래 가족은 슬픔에 잠겼어요.

"제가 오다 보니까 냉이와 달래가 둑 가장자리에 같이 있던데요?"

"그래? 다행이네. 이번 바람은 구름에 실려 있으니 잘 타고 올 거야."

"어, 저기 와요!"

막내 냉이와 달래 가족이 도착했어요.

냉이 가족과 달래 가족은 서로 끌어안고 좋아라 해요.

그런데 회장인 참쑥 할아버지는 아직 도착을 하지 않았어요.

"참쑥 할아버지는 우리들을 먼저 보내느라고 바람을 놓친 거예요."

초록이들은 있는 힘을 다해 모두 고개를 길게 빼고 학교 쪽을 바라봤어요.

참쑥 할아버지 가족이 포클레인에 떠져서 흩어지고 있

어요.

인정사정없는 포클레인은 참쑥 할아버지를 뚝 떨어뜨렸어요. 참쑥 할아버지는 그만 떼구르르 담장 밖 논둑으로 굴러떨어졌어요.

"어머나, 저걸 어째. 참쑥 할아버지 많이 다치셨나 봐."

냉이 엄마는 가족이 다 모여서 좋긴 하지만 참쑥 할아버지가 걱정이 되었어요.

커다란 흙덩이와 함께 굴러떨어진 참쑥 할아버지는 뿌리를 크게 다쳐 움직일 수가 없어요.

"할아버지 괜찮으셔요?"

"어이, 내 씨주머니가 논으로 빠지면 안 되니까 나 좀 일으켜 주오."

민들레 씨앗은 바람을 타고 얼른 날아가서 흙투성이가 된 참쑥 할아버지를 세워 주었어요.

참쑥 할아버지는 꺾인 잎과 뿌리를 추스르며 포클레인에 실려간 가족들에게 말했어요.

"너희들은 어디서든 살아 남으리라 믿는다."

어쩌면 영영 못 볼지도 모를 일이기에 참쑥 할아버지는 몹

시 슬펐어요.

바람의 방향이 바뀌었어요.

다음날에도 그 다음 날에도 계속 동풍이 불었어요.

키 큰 유채 할머니가 저멀리 학교 쪽을 내려다보니 이미 학교 운동장은 다 없어지고 학교 담도 헐려졌어요.

"매일 저곳에서 놀던 친구들이 생각이 나는걸."

"떠난 아이들은 우리를 기억할까?"

"좀 있다가 곧 잊혀지겠지."

남면 앞산으로 건너간 초록이들은 포클레인이 한참 작업 중인 학교를 내려다보며 운동장에서 뛰어놀던 아이들 얘기를 했어요.

민들레는 논에 물이 들어와 참쑥 할아버지의 뿌리가 다시 튼튼해질 때까지 참쑥 할아버지 곁을 지켰어요.

작가 소개

노미경

1960년 경기도 안성에서 출생. 청주교대, 건국대 상담심리교육학 석사, 고려대 문예창작과 석사, 단국대 문예창작과 박사 졸업. 2002년 글사랑문학 신인상. 2005~2012년 경기도교육청 지정 문학창작특성화 학교 운영. 평택 이충초등학교 교장, SUN 문화연구소 대표.

그림 **한석봉**

1974~2015년 '경기의 사계-아름다운 산하'전 / 미국 국제전. 2016년 개인그림전(예술의 전당, 미국, 뉴욕, 중국 독일 교류 및 투어 전시). 2020년 개인그림전(혜화아트센터). 공모전 수상, 국전 및 대한민국미술대전 5회 입상. 현재 한석봉색채디자인연구소 대표, 규화회 회장, 한국화 강사.

노미경 동화집

초록이들 이사 가는 날

초판 1쇄 발행 2022년 8월 20일

지은이 **노미경**
펴낸이 임현경   책임편집 홍민석   편집디자인 김선민

펴낸곳 **곰곰나루**
출판등록 제2019-000052호(2019년 9월 24일)
주소 서울특별시 양천구 목동서로 221 굿모닝탑 201동 605호
전화 02-2649-0609
팩스 02-798-1131
전자우편 merdian6304@naver.com
인터넷 카페 https://cafe.naver.com/gomgomnaru
유튜브 채널 곰곰나루

책값 10,000원

ISBN 979-11-977020-9-9 (03810)

초록이들 이사 가는 날